글벗시선 229 송연화 스물아홉 번째 시집

사랑의 힘으로

송연화 지음

도서출판 글벗

사랑의 힘으로

잘 익은 메주를 빚어 황토색 된장으로
구수한 맛을 첨가 쌈장과 국거리용
먹거리 으뜸의 된장 구수하게 익겠지

새빨간 고춧가루 엿기름 찹쌀가루
전통식 방법으로 졸여서 맛깔나게
햇살에 장맛이 숙성 항아리 속 내 보물

양지쪽 툇마루에 따스한 햇살 받아
사랑과 정성으로 옹기에 가득가득
전설의 입소문 타고 사랑의 힘 전하리

2025년 7월 어느 날에
윤영 송연화 배

차 례

■ 시인의 말 사랑의 힘으로 · 3

제1부 겨울잠을 깨고

1. 봄꽃 피우기까지 · 13
2. 참 좋은 사람 · 15
3. 값진 인생 · 17
4. 삶의 언저리 · 18
5. 겨울밤 · 19
6. 냉이 · 21
7. 하얀 이별 · 22
8. 친정 · 23
9. 나무 전지 · 25
10. 눈물방울 · 27
11. 사랑아 · 28
12. 눈보라 · 29
13. 사노라면 · 31
14. 겨울꽃 · 33
15. 겨울잠을 깨고 · 34
16. 동트는 아침 · 35
17. 겨울 아침의 뜨락 · 37
18. 설원의 뜨락(1) · 39
19. 행복꽃 · 40
20. 폭설 · 41
21. 고추장 · 42

제2부 희망의 바다

1. 겨울의 낭만 · 45

2. 설 연휴 휴가 · 47

3. 희망의 바다 · 48

4. 예술 작품 · 49

5. 참 좋은 날 · 51

6. 바다 사랑 · 52

7. 회 센터에서 · 53

8. 대복장 · 55

9. 그리운 사랑 · 57

10. 삼 형제의 만남 · 58

11. 백화점에서 · 59

12. 사랑의 힘 · 61

13. 치악산 입구에서 · 63

14. 상고대 · 64

15. 임의 향기 · 65

16. 찬란한 여명 · 67

17. 그립다 · 68

18. 새싹들 · 69

19. 겨울 이야기 · 71

20. 별아 달아 · 72

21. 외로운 낮달 · 73

제3부 슬픈 이별

1. 아침의 시작(1) · 77

2. 화암동굴 · 79

3. 징검다리 · 81

4. 강추위 · 82

5. 꿈꾸는 들녘 · 83

6. 눈은 내리고 · 85

7. 초승달 · 86

8. 옥수수 구이 · 87

9. 어부 놀이 · 88

10. 겨울 보리 · 90

11. 새해의 첫날 · 91

12. 슬픈 이별 · 92

13. 만두 빚기(1) · 94

14. 마음자리 · 96

15. 고드름(1) · 97

16. 사랑 둥지 · 99

17. 겨울 햇살 · 100

18. 청국장 · 102

19. 동치미 · 103

20. 만남 · 104

21. **코스모스** · 105

제4부 세월이 가네

1. 뜨락의 겨울꽃 · 109
2. 동짓날 · 111
3. 동화의 나라 · 112
4. 기름 짜는 날 · 113
5. 결혼식 · 115
6. 나의 보물 · 117
7. 송년회 · 118
8. 섶다리 · 119
9. 정선 아리랑 · 120
10. 겨울 장미 · 121
11. 설화 · 123
12. 세월이 가네 · 124
13. 만두 빚기(2) · 125
14. 원주천 야경 · 127
15. 흰눈 내리고 · 128
16. 바다 · 129
17. 서리 애가 · 131
18. 갈대 · 132
19. 꽁꽁 겨울 · 133
20. 매서운 추위 · 135
21. 뜨락의 꽃 · 136

제5부 하얀 선물

1. 밭 장만 · 139
2. 땅거미 내려앉고 · 140
3. 비는 내리고 · 142
4. 뜨락의 상고대 · 143
5. 제비꽃 · 145
6. 온천욕 · 146
7. 생명들 · 147
8. 설원의 뜨락(2) · 148
9. 하얀 선물 · 149
10. 첫눈 · 151
11. 김장 마무리 · 153
12. 억새 · 155
13. 청룡문학상 · 157
14. 안개 낀 새벽 · 158
15. 장가계 원가계 · 159
16. 구름바다 · 161
17. 뱀딸기 · 163
18. 좋은 아침 · 164
19. 중국 여행 · 165
20. 연분홍 사랑 · 166
21. 붉은 노을 · 167

제6부 단풍꽃 사랑

1. 대봉감 · 171
2. 불타는 단풍 · 173
3. 찻집에서 · 174
4. 나의 사랑아 · 175
5. 조각공원 · 177
6. 내린천 휴게소 · 178
7. 그림자 · 179
8. 단풍꽃 · 181
9. 거미줄 · 183
10. 가을 여행 · 184
11. 첫서리 · 185
12. 낙엽 편지 · 186
13. 낙엽길 · 187
14. 단풍 산자락 · 188
15. 나팔꽃 · 189
16. 가을 추수 · 190
17. 아침의 시작(2) · 191
18. 단풍꽃 사랑 · 193
19. 마음의 창 · 194
20. 노을 · 195
21. 벼 탈곡 · 196

제1부

겨울잠을 깨고

봄꽃 피우기까지

마른 나뭇가지 흔들흔들
반가운 까치가 울어 젖히고
훈풍의 바람이 봄을 몰고 와
뜨락에 내려 앉았다

고운 자연의 모습에
상큼한 하룻길 열어가며
달래 냉이 봄나물에
봄바람 즐겨 봄이었는데

아뿔싸 어쩌랴
찬비가 주룩주룩 내리더니
나뭇가지 춘설의 눈꽃이
소복소복 하얗게 피었네

떠나기 아쉬웠을까
아니면 그리워 찾아온 걸까
이채로운 자연의 선물에
벙근 맘은 기쁨 가득

수수한 봄 꽃눈 틔우며
봄 앓이 시작으로
산고의 고통 겪으며
꽃피울 준비 중이었는데

서로 어울리면서
아름다운 자연과 동행길
만남과 이별인 것을
봄눈 참 얄밉다

참 좋은 사람

언제나 한결같은
참 좋은 나의 그대

닿을 듯 잡힐 듯이
잔잔한 온유함에

내 사랑 그리움 실어
가슴속에 새긴다

솜사탕 같은 사람
그대를 하늘 위에

살며시 걸어두고
언제나 꺼내보죠

그대는 파란 하늘빛
스리슬쩍 사랑아

값진 인생

아름다운 인생길
행복해서 눈물이 난다

둘이라서 참 좋다
값진 인생 함께하기에

질풍노도 같은 인생길
삶의 한 자락에서

그대와 사랑할 수 있음에
감사한 마음뿐

몸은 늘 고단하지만
마음은 최고이기에

남은 삶 당당하게 멋지게
행복으로 빈 가슴 채우리

삶의 언저리

꿈 많던 푸른 시절
풀각시 그 시절이
그립고 생각나네
이제는 주름살이
하나둘 늘어만 가고
할머니가 되었네

친구들 만나자고
그립고 생각나서
더 이상 안 된다고
집으로 온다 하네
전화로 호들갑 떠는
내 친구가 생각나

고단한 시골 생활
바쁘게 살았지만
실보다 득이 많은
귀농이 좋았어라
잔잔한 삶의 언저리
대롱대롱 웃음꽃

겨울밤

어둠은 짙어지고
별빛이 뚝뚝 떨어지는 밤

아쉬움 가득 안고
달빛지기 어둠 속을 힘차게 달려본다

하얀 마음
손가락 끝에 머무는 황홀한 시간

짙은 그리움을 타서
따뜻한 커피 한잔을 마셔본다

그리운 시인님들
생각나는 밤

커피의 짙은 향기에
마음 나누는 행복한 밤
나만의 추억 공간에서

냉이

봄바람 살랑이는
들녘을 헤집고서
냉이를 쓰담쓰담
망태에 캐 담는다
봄기운 가득 담아서
찾아왔네 봄 냉이

새하얀 다리 길쭉
머리는 붉게 염색
냉이를 손질하고
파랗게 데쳐 삶아
빨갛게 고추장 무침
식탁 위에 올렸지

콩가루 조물조물
된장 푼 냉잇국에
향긋한 냉이 향기
입맛이 살아날까
입안에 회오리바람
춤을 추며 꿀꺼덕

하얀 이별

시려서 보냈었지
겨울과 하얀 이별
그리고 봄이어라
이렇듯 상큼한데
마음은 풍선 되어서
저 하늘에 두둥실

바람결 훈풍으로
들녘에 머무르니
새싹들 웅성웅성
좋아라 난리났네
이보다 더 좋을쏘냐
영차영차 어영차

연두의 꼬물이들
언 땅속 헤집고서
기지개 힘찬 모습
새싹들 동행하네
저 멀리 봄바람 타고
봄꽃이여 피어라

친정

멀리에 사는 동생들은 설 명절
참석하지 못하고 가까이 있는
동생들 가족들만 참석했다

이번 설은 모두가 폭설로
길이 미끄러워 몸 사리는
쓸쓸한 명절을 맞는다

일 년에 한 번 만나는 명절
전화로만 안부 주고받으며
서로들 걱정스러운 맘이다

친정아버지께 차례 지내는
형제들의 모습이 감동이고
올케언니가 마냥 고맙다

육 남매의 맏며느리 역할
시집와서 편한 시절도 없이
얼마나 고단하고 힘이 들까

내 조카 쌍둥이 키워내고
어려운 살림 일구어낸 승리
미안한 마음만 솟구친다

나무 전지

겨우내 움츠렸던
뜨락의 과일나무
바람도 잠이 들고
포근한 날씨여라
이웃집
아저씨 방문
나무 전지 해주네

가지가 더부룩한
전지로 깔끔해진
앞마당 정리되어
봄맞이 기대되네
꽃피고
새가 우는 날
그리움의 노랑 봄

따스한 봄이 오면
꽃망울 터뜨리고
뜨락을 물들이면
마당은 들썩들썩
봄날의
새로운 희망
꿈 담아서 올 거야

눈물방울

빗물일까 눈물일까
거꾸로 매달린
동그란 눈물방울

금방이라도 뚝뚝
떨어질 것만 같아
아슬아슬한 밤이야

왜 이리 고운 걸까
투명한 물방울 나무
빗물 목욕으로 촉촉하다

겨울 추위 이겨내고
생명을 품고 저토록
키워내고 있었구나

올록볼록 꽃방울들
알알이 맺힌 눈물방울
인고의 세월을 말해주는 듯

사랑아

그대와 살아온 길
인생길 굽이굽이
비바람 모진 풍파
견디며 살아왔네
부단히 노력을 다해
나의 둥지 지켰지

사랑아 내 사랑아
이제는 당신 없이
하루도 살 수 없어
이대로 지금처럼
인생의 질풍노도길
존중하며 살 테야

세월이 흐른 뒤라
쌓이고 쌓인 사랑
믿음과 배려 속에
사랑꽃 활짝 피어
지금은 행복 열매가
주렁주렁 열렸네

눈보라

아련히 멀어져간
노랑 봄 저 멀리에
눈보라 몰아치니
봄인 걸 잊을세라
찬바람 볼을 에는 듯
이 겨울이 싫구나

들녘은 귀신 울음
쌩쌩 쌩 둘둘 말아
한 아름 눈 무더기
바람에 옮겼어라
자연은 위대하여라
비굴해진 이 마음

언덕을 가로질러
달리는 바람이여
갈 곳이 어디일까
다치고 넘어질라
바람아 낮잠 자려마
불안불안하여라

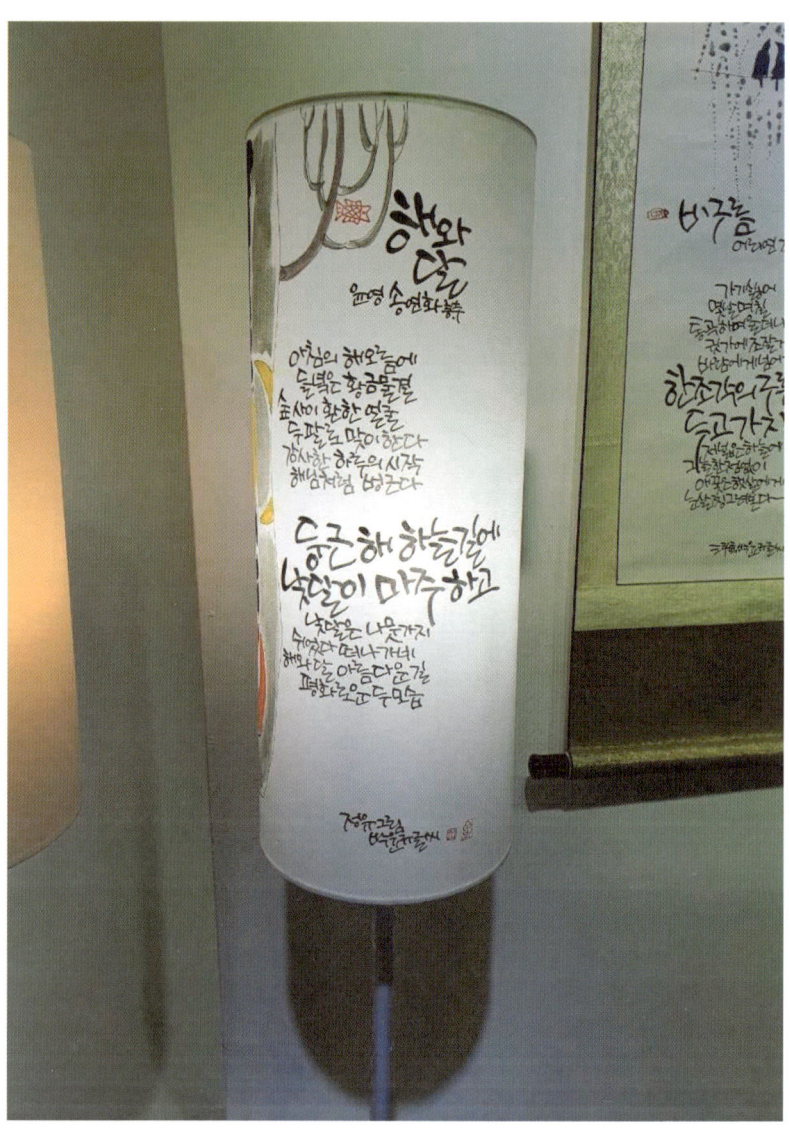

사노라면

팍팍한 인생 무대
공연과 연출 속에
하룻길 부대끼며
어울려 사노라면
고갯길 넘고 넘으며
하루하루 벅차네

눈뜨면 오늘 하루
어떻게 펼쳐질까
괜스레 이런저런
잡다한 생각들로
바람든 풍선이 되어
한 걸음씩 들뜨네

더불어 사는 세상
어울려 살아보자
시화전 작품들로
나눔이 선물 주며
주는 맘 받는 기쁨이
배가 되어 즐겁네

겨울꽃

풀잎에 대롱대롱
바람과 기온 차가
하늘빛 무지개로
빚어낸 아름다움
동트는 대지의 언덕
하르르 핀 겨울꽃

서로의 눈높이로
바라본 새로움들
뜨거운 포옹으로
밤새워 사랑 사랑
사랑의 결정체 이룬
아름다운 상고대

그대들 찾아오고
들녘은 눈부셔라
작은 꽃 섬섬옥수
무엇에 비할까나
찬란한 무지개 빛깔
멀리멀리 피우렴

겨울잠을 깨고

갈색 낙엽들 누워 긴 잠자고
툭툭 털고 일어나는 버들강아지
봄기운 햇살 받아 반짝인다

털복숭이 살짝 물올라
통통 부풀어 감싸던 얼굴
여민 앞가슴 풀어 헤치네

버들강아지 실눈 뜨고
헤실헤실 눈웃음으로
그리움 가득 품었던 뚝방

살랑이는 바람을 이고
봄 이야기 또랑또랑
개여울에 흘러내린다

아지랑이 노랑 봄이랑
들녘 가득 펼쳐질 따스한 날
그리웠노라 봄날이여

동트는 아침

싸늘한 바람이 노니는 뜨락
온기의 해님이 출근하니
참새들 우르르 모여드네

봄이 오는 길목의 강추위
생명들은 단련되어 가고
약속의 땅은 변함없이 그 자리

하르르 피었던 상고대 꽃
흔적 없이 자취를 감추고
꽃눈 배시시 웃는 날 기다린다

고운 미소로 반겨줄 날들
머지않았음을 느껴보는
뜨락의 변화를 눈에 담는다

삶의 의미가 부여된 인생
허투루 살 수 없기에
늘 노력을 다해 보련다

자연에 감사하며 살아가는
나의 모습에 안락한 평화가
속살스럽게 찾아든다

겨울 아침의 뜨락

싸늘한 기온이 휘돌아 감돌고
마른 나뭇가지에 하얀 상고대
바늘처럼 뾰족한 알갱이들
하얀 설빔을 선물받았다

촘촘한 가시기 온몸에 송송
밤새 얼마나 아팠을까
행여 해님을 기다렸으려나
자꾸만 눈길이 가고 또 가네

밤새 반짝이던 별의 흔적들
하얀 눈물로 사위어 똑똑
고스란히 콕콕 박힘일까
아직도 초롱초롱 빛이 나네

오늘 하루 그대로 멈춰 봐
발심음 재촉하지 밀고
소곤소곤 이야기 해보렴
사랑의 결정체 상고대여

설원의 뜨락(1)

하얀 설원의 뜨락엔
따스한 햇살이
살포시 내려앉았다

그리움은 저만치
잡힐 듯한데
발걸음 옮기기엔
너무 먼 그리움이어

난 개구쟁이가 되어
발자국 놀이에
흠뻑 빠져 나 혼자
마냥 즐거워라

동화 속의 하얀 나라
곱고 아름다운데
세상 밖은 시끌벅적
평화를 갈망하는데

마늘의 신물 꽃밭에
그리움을 토닥토닥
소꿉놀이 소녀처럼
정답게 묻어 놓는다

행복꽃

솔가지에 가득 내려앉은
소담스런 하늘의 선물
밤새 소복소복 쌓여서
하얀 세상을 창조했네

나뭇가지의 바람돌이
춤을 추듯 살랑이면
하얀 꽃송이 하늘하늘
나비처럼 나풀나풀 날고

땅 위에도 나뭇가지에도
아름아름 탐스러운 꽃
황홀함에 눈 데이트
가득 피어 좋았어라

우르르 몰려나와
하얀 동화 속의 나라
맘껏 즐기며 재잘재잘
향기의 하루를 보내자

보고픔 가슴에 묻어놓고
그리움 바람에 고이싣고
천리먼길 달리는 맘 토닥이며
하얀 그리움의 시를 쓴다

폭설

선달그믐날에 폭설이 내려
동네도 도로도 엉망이다
초입부터 트랙터로 길 뚫고
운행에 길을 트이게 했다

마을마다 지정된 아저씨
트랙터 눈길을 치우시고
이웃 주민들 불편함 덜어주고
길 정비에 애쓰신다

작은 마을은 이리 준비하고
설맞이 준비에 맘은 즐겁고
형제들 자식들 만남에 들떠
음식 나눌 준비에 분주하다

앞집 윗집 모두가 시끌시끌
굴뚝엔 하얀 연기 몽실몽실
연실 정겹게 피어오르고
전 지짐 내음이 진동한다

설 명절 더없이 슬겁게
따뜻한 온기의 정으로
떡국 맛있게 한 살 더 추가
행복한 한 해가 되기를

고추장

고추장 맛있다고
입소문 타고 슝슝
주문이 넘쳐나네
용기에 담으면서
입꼬리
귀에 걸렸지
쫀득쫀득 찰진 맛

새빨간 고추장이
숙성된 일년동안
물세척 마른수건
정성을 다했어라
내게로
돌아온 기쁨
통장 몸통 키워라

제2부

희망의 바다

44_ 사랑의 힘으로

겨울의 낭만

도란도란 걷는 발걸음
잠깐의 눈꽃 산행으로
가슴이 벅차오른다

설국에 펼쳐진 하얀 나무
눈 무더기 꽃이 피어
마음도 덩달아 하얗다

송글송글 맺힌 땀방울
귀한 약속으로 이어지고
건강 다짐으로 챙긴다

소담스럽게 내려앉은
솔가지 눈꽃 송이가
겨울의 낭만을 부른다

스트레스 받지 않고
맘 가는 대로 살다 보면
넉넉한 품이 되리라

손잡아 이끌어 주는
사랑에 감사하면서
건강으로 보답하리라

설 연휴 휴가

설 연휴 시작됨에
알차게 보낸 휴가
동해안 돌고 돌아
보람된 여행이다
두 사람 움직이면 끝
단초로와 좋구나

맛있는 먹거리와
신나는 바다 야경
추위에 떨었지만
즐기며 좋았어라
사랑을 한 아름 가득
풍성하게 담았지

긴 연휴 보내면서
사람들 살아가는
모습들 건져보며
나의 길 나의 인생
더불어 동행하면서
살펴 가며 살라네

희망의 바다

가슴속 깊이 품은 내마음
풍덩 바다에 던졌더니
곧바로 파도로 밀려온 답
희망의 바다라 한다

부부는 닮아간다고 했던가
긴 세월 함께 동고동락
하다 보니 어느 결에
한사람이 된듯하다

희망의 바다에서
또 새로운 희망을 담아
이 험한 세상 지혜롭게
살아가고 싶음이다

서로에 대한 원망도없이
바라보는 즐거움으로
따스한 베품의 사랑으로
세월에 익어가리라

이 여행이 주는 기쁨으로
내일을 준비하면서
주어진 하루 최고로 반기며
바다의 품 닮고 싶다

예술 작품

겨울의 왕국답게
아스라이 뿌려놓은 눈꽃
솔가지마다 하얗게
다붓다붓 아름답구나

임의 손길이려나
바람의 언어이려나
위대한 예술 작품에
놀라서 입이 쩌억

이토록 눈이 부신 산하
황홀한 무아지경에
발걸음 뚝 멈추고
숨 멎을 듯 반해본다

약속이라도 한 듯
마주한 자연의 예술
언제 또 이 아릿한 모습을
다시 만날 수 있으려나

참 좋은 날

가슴 속 콩닥이가
들어와 자리 잡고
헤벌쭉 웃음 짓고
긴 연휴 즐겨본다
여행은 기쁨과 환희
행복꽃을 피운다

오늘은 참 좋은 날
가까운 곳으로의
바다와 횟집에서
누리는 부부 특권
모처럼 해방된 일탈
알콩달콩 보낸다

서로가 맘 헤아려
이해와 사랑으로
가정을 탄탄하게
내 마음 윤기가 나
날마다 주어진 일상
행복으로 지키리

바다 사랑

바다 사랑 가득 품고
그곳을 찾는다
동해의 푸른 바다
벌써부터 가슴이 뛴다

포근한 겨울 바다
푸른 물 넘실거리며
작은 물보라 일으켜
파도를 만들고

끝없는 바다 마주하면
꿈을 키우게 되고
희망을 품을 수 있어
심장이 뜨거워진다

바다가 펼쳐진 곳
밀리어 부서지는
저 파도를 타고
겨울 바다 달리고 싶다

꿈틀대는 빈 가슴
희망을 가득 담아서
내일을 향해 뚜벅뚜벅
힘차게 걸어가리라

회 센터에서

가족들 어울림에
마음은 풍선처럼
허공을 날아올라
가벼운 새털이네
만남은 회 쎈터에서
나눔으로 행복해

조금씩 배려하고
이해와 사랑으로
동기간 나누는 정
사랑꽃 몽실몽실
웃음꽃 메아리 되어
하늘 높이 오르네

가족들 좋아하는
싱싱한 회 한 접시
맛있게 머고 나니
세상이 좋을시고
하룻길 부족한 마음
시 한 수로 마무리

대목장

어울림 삶의 향기
사람들 살아가는
모습들 천태만상
대목장 북적북적
한적한 시골 오일장
오랜만에 붐비네

가는 맘 오는 걸음
북새통 들썩들썩
웃음꽃 가득 피어
설맞이 시장 보네
저마다 행복한 얼굴
새해 소원 이루리

가족들 만남으로
기쁨과 사랑으로
세배와 덕담으로
훈훈한 화합으로
화목한 가족들 사랑
행복꽃을 피우리

그리운 사랑

피붙이 아닌데도
제주도 시인님은
선물을 아름아름
한가득 보내셨네
한라봉 상큼한 향기
입안 가득 번지네

고맙고 감사함이
가슴에 아롱아롱
황금향 달달함에
피로가 사라지네
훈훈한 인정과 사랑
기억하며 살리라

정다운 목소리로
설 명절 잘 보내라
당부의 덕담 댐아
진잔히 진해주신
번지는 포근한 사랑
밀려오는 그리움

삼 형제의 만남

아주버님 떠나가시고
남은 삼 형제들의 만남
뚝딱뚝딱 음식 만들어
대접하는 살가운 동서

삼 형제 자주 만나서
음식 나누면서
소주 한 잔으로 추억하고
형제우애 다져보잔다

막내 시동생은 서울에서
중간 시동생은 원주
우린 횡성을 지키고
사는 맛을 우려낸다

다음 모임은 우리 집에서
만남의 약속을 정하고
정기적으로 만나자 한다
특별한 우애의 남자들

더불어 사는 우리 여자들
동서 형님으로 잘 지내니
이 또한 축복 아닐는지
내년은 명절 여행 가잔다

백화점에서

사람들 오고 가는
번잡한 발걸음 들
갖가지 화려함에
두 눈을 유혹하네
백화점 아이쇼핑에
하루해가 짧아라

카페에 간식타임
잔잔한 음악 듣고
커피와 조각 케이크
한 모금 오물오물
세상사 부러움 없네
살짝살짝 맛 보기

아픔을 잊고 싶어
밖으로 외출하고
열심히 사는 모습
가슴에 담았어라
주어진 인생길 따라
흘러 흘러 가겠지

사랑의 힘

잘 익은 메주 빚어
황토색 된장으로
구수한 맛을 첨가
쌈장과 국거리용
먹거리 으뜸의 된장
구수하게 익겠지

새빨간 고춧가루
엿기름 찹쌀가루
전통식 방법으로
졸여서 맛깔나게
햇살에 장맛이 숙성
항아리 속 내 보물

양지쪽 툇마루에
따스한 햇살 받아
사랑과 정성으로
옹기에 가득가득
전설의 입소문 다고
사랑의 힘 전하리

치악산 입구에서

모임을 찾아 나선
치악산 입구에서
소중한 인연들과
찻집에 도란도란
즐거운 수다 삼매경
커피와 빵 입가심

서로들 바쁜 일상
이 핑계 저 핑계로
산행은 멈춤 상태
만남은 즐거워라
남자들 치악산 강행
룰루랄라 떠났지

비로봉 완주하고
내려온 개선장군
긴 시간 기다리며
점심은 맛깔나게
볶음팅 토종닭 백숙
어울림이 좋아라

상고대

치악산 얼기설기
상고대 가득 피어
겨울의 아름다움
눈앞에 펼쳐지네
설산을 볼 수 있음에
즐거움만 가득해

비로봉 능선 따라
옷 입은 나뭇가지
하얀 꽃 주렁주렁
고움에 정신 아찔
감탄사 절로 나오고
가슴 벅찬 마음아

언제 또 바라볼까
오늘의 멋진 특권
최고의 명산 연출
치악산 최고여라
겨울의 낭만 상고대
치악산의 눈부심

임의 향기

은은한 사랑의 향기
곱게 번지는 동행길
잔잔한 미소가 입가에
절로 피어 나지요

위로에 사르르 녹는
지난날의 아픈 추어들
나 여기 임의 향기에 취해
이젠 묻고 잊을래요

지나온 시절보다
앞으로 살아갈 날
더 짧게 남았기에
배려와 존중으로 살래요

지나온 삶의 흔적들
시집 책으로 고스란히
남겨 두었기에 삶은
가정의 역사가 되겠지요

소소한 하루의 일상
후회 없는 삶 살아내며
둥기둥기 남은 인생길
임의 향기로만 살래요

찬란한 여명

광활하고 찬란한 여명
선물 같은 하룻길
축복을 받으며 길을 나선다

잠시 일손을 접고
옥죄어오는 답답함 풀고
마음을 살찌우려 떠난다

느슨한 마음으로 두 사람
전쟁 같은 삶을 벗어나
미지의 세계로 둥둥

군더더기 같은 요즘의 일상
일탈 힐링으로 이어져
마음의 보상을 얻으리라

주위의 어수선한 분위기
새롭게 도전하는 마음으로
누 수먹 불끈 움켜쥔다

아픈 치료 받으면서
참 많이도 힘든 시간
꽁꽁 숨기고 지냈있다

욕심 없이 주어진 삶의 길
예쁘게 살아내면서
나만의 빛깔로 물들여보자

그립다

하늘의 부름을 받으시고
어머니 하늘나라 소풍 가신 날
기리며 추도예배 올리고

남은 가족들 어머니 사랑
그리워하면서 추억한다
벌써 십 년이 훌쩍

해마다 봄이 돌아오면
새싹은 피어나고 돌아오는데
어머님은 어디에 계실까

생전의 인자하신 모습 담은
사진과 목소리 들으며
가족들 눈물로 대신한다

이리 만날 수 있는 가족들
서로 안부 주고받으며
사랑으로 화합한다

새싹들

혹한의 추위에도
새싹들 파릇파릇
제 자리 보란 듯이
박차고 뿌리내려
지켜온 당당한 모습
뜨거움이 스민다

하우스 가장자리
약간의 물기 먹고
줄기와 이파리들
강인함 보여주네
얼마나 힘들었을까
이겨냄이 대견해

마른 땅 헤집고서
살 곳을 찾아드는
노력의 흔적 보인
새싹의 큰 울림들
주인의 눈빛 사랑을
갈망하듯 왔구나

겨울 이야기

발왕산 아름다운
하얀 꽃 얼기설기
상고대 눈부심에
할 말을 잊었어라
설경을 발아래 딛고
어기영차 오른다

설렘의 케이블카
오르니 멋지구나
넋 놓고 바라보는
산수화 멋진 풍경
묻어둔 겨울 이야기
바람결에 전하리

가족들 어울림에
행복 꽃 피어 나니
이보다 더 좋은 날
또다시 이어질까
정다운 하루의 사랑
가슴 속에 쌓이네

별아 달아

하얗게 불태울 밤
하늘에 걸려있는
초승달 엷은 미소
유난히 반짝이는

은하수 푸른 별들아
어이할까 이밤을

불 밝혀 지켜주는
밤하늘 별아 달아
오늘 밤 친구 되어
이 밤을 즐겨보자

정답게 사랑 노래를
헤이헤이 부르자

만남이 행복해라
별과 달 품었기에
온 마당 팔짝 뛰는
벅찬 맘 아이 어른

별빛이 쏟아지는 밤
달빛 속을 달린다

외로운 낮달

파아란 하늘 바다에
외로이 떠 있는 낮달
누구를 기다리는 걸까

해님과 친구가 되어 마주 보며
선산 마루에 기울어져
미끄러지듯 항해한다

혼자는 늘 외롭다
더불어 살아가야 하고
어울림으로 채워야 한다

인생길 함께 희로애락
정으로 나누고 지낸다면
세상사 두려울 것도 없으리

구름 한 점 없는 빈 하늘
무심히 바라본 낮달
너도나도 외롭지 않기를

제3부

슬픈 이별

아침의 시작(1)

설국의 나라에는
찬란한 아침햇살
노랗게 퍼져 오고
새들의 지저귐에
하룻길 아침의 시작
마음 창을 다으리

햇살이 스며드는
들녘은 고요한데
하얀눈 반짝반짝
희망을 노래하네
두툼한 외투걸치고
자박자박 발걸음

두려움 사라져라
새하얀 마음으로
가슴에 즐거움만
한가득 품으리라
나는야 미지의 세계
꿈꾸면서 살련다

화암동굴

내 고향 화암동굴
볼거리 구석구석
동굴 안 종유석이
자라나 신기 방기
관람객 환호성 따라
굽이굽이 긷는다

부치기 메밀전병
옹심이 콧등치기
산나물 향토 음식
먹거리 만났다네
전통의 아리랑 고장
인심 또한 최고야

징검다리

앞서거니 뒤서거니
콩닥콩닥 걷는 징검다리
이야기는 둥둥
허공을 맴돌고

아름다운 날들
추억 한 페이지 남기고
즐거운 생각은 훨훨
나비처럼 난다

닮은 꼴 모녀 사랑
기세 등등 한 남자
해맑게 웃으면서
무조건 직진이다

참 고마운 내 사랑
그대 덕분에 웃고
따스한 온기로
새해를 보내련다

강추위

칼바람 쌩쌩 불고
강추위 엄습하니
뒤란은 요란하고
을씨년스럽구나
바람에 날아갈 듯한
흔들흔들 하우스

바람이 잠을 자면
겨울이 포근하여
하얀 눈 밟으면서
이 하루 즐길 텐데
주위가 뒤숭숭하니
천지 분간 못하네

바람이 몹시 운다
우당탕 뒹굴면서
몸부림 안절부절
허공을 넘나드네
오덜덜 서럽게 윙윙
이 겨울을 어쩌랴

꿈꾸는 들녘

깊어가는 겨울의 중심
들녘은 눈이불 포근히 덮고
웅크리고 겨울 잠을잔다

겨울의 을씨년스런 날씨
땅속의 생녕들 꽁꽁서울
잘 견디고 있을까

서로 부둥켜안고 살아가는
톱니바퀴 같은 삶의 길
돌고 돌아가는 모퉁이

고요히 꿈꾸며 잠자는 들녘
아지랑이 새봄이 돌아오면
연두의 꿈을 펼치겠지

마음을 담아 사랑하는 봄
함께라는 다정스런 봄날
그날을 소망해본다

눈은 내리고

회색빛 하늘에는
흰 눈이 펑펑 내려
뜨락은 평화로이
사그락 춤을 춘다
하얀 꽃 소담스럽게
어두운 곳 덮으리

국가는 암울하고
사회는 울분으로
곳곳의 못난 모습
평화는 찾아올까
흰 눈이 어둠을 밝혀
행복 꽃등 피우리

하늘의 고운 선물
총총히 내려앉아
쌓이고 쌓여지니
선물의 눈 무더기
살포시 눈은 내리고
헤어나기 힘드네

초승달

꽉 차오른 둥근 달덩이얼굴
어제 본 듯하건만
어느새 홀쭉해진
눈썹달 되었구나

초롱초롱 빛나는 별밤
초승달이 외로이
밤하늘 지키고
어둠 속으로 달린다

퍼즐 맞추듯 떠오르는 상념
가슴을 짓누르고
어쭙잖은 시밥 뜸 들이며
나만의 공간으로 빠져든다

새들도 둥지를 찾아
날개를 접고
뜨락의 빈 나뭇가지가
허허로운 겨울 밤 지킨다

옥수수 구이

하우스 쉼터에는
아저씨 삼삼오오

모여서 농사얘기
냉동고 찐옥수수

팬에다
옥수수 구이
노릇노릇 간식용

곶감과 옥수수로
차대접 함께나눈

소중한 이웃사촌
어울려 살아가는

정깊은
조곡리 마을
깔깔웃음 넘치네

어부 놀이

또다시 찾아 나선
밤 바다 어부 놀이
바다가 화가 난 듯
큰 파도 밀려오고
무서움 가득하지만
갯 바위만 보이네

검푸른 바닷물은
파도에 휩쓸리고
투망을 던져놓고
양촌리 커피 타임
저 하늘 이지러진 달
하염없이 비춰네

넋 놓고 기다리는
즐거운 바다 체험
일 년에 한두 번씩
일탈을 재미 삼아
즐거운 바다 이야기
소곤소곤 담았지

겨울 보리

추위에 보란 듯이
보리싹 하늘하늘
빈 고랑 가득 덮고
넘치는 기운으로
푸르름 가득 펼칠 날
꿈꾸면서 지내리

살갗을 에이듯이
찬 바람 몰아치는
들녘의 뜨락에는
숨죽은 겨울 보리
언 땅속 몸 녹이면서
속닥속닥 지내리

긴 겨울 혹한에도
풍성한 모습으로
형제들 똘똘 뭉쳐
서로들 의지하네
씩씩함 잃지 않은 채
견뎌내는 꿋꿋함

새해의 첫날

나라는 어수선하고
온 국민은 비행기 사고로
슬픔에 잠겨있지만
새해의 아침은 밝았다

예선처럼 들뜨시 않시만
하나하나 계획을 세우고
가정경제의 위기를
새해 설계로 다짐한다

올 한 해는 더 많이 웃고
힘든 일은 줄이고
건강을 챙기면서
기쁨으로 달려보리라

햇살 같은 사랑으로
희망의 길 걸으며
내일이라는 단어에
행복을 걸어보련다

슬픈 이별

시동생 내외랑 엄마 모시고
함께 삼척으로 나들이
화려한 식탁에서의 기쁨으로
마주하는 즐거움이 벅차다

먼 거리로 달려왔지만
바다 구경은 담지도 못하고
비보를 접하고 바로
시댁으로 달렸다

집안의 어른이신 시숙
영영 이별을 준비하면서
마지막 이별 익숙지 않기에
가슴이 아프고 슬프다

엄마께 다음을 약속드리면서
바다 여행 다시 하자고
차 안의 흐르는 침묵
하염없이 눈물만 흐른다

만두 빚기(1)

갓김치 배추김치
만두 속 송송 썰어
닭고기 갈아 넣고
양념에 조물조물
홍두깨 밀가루 반죽
곱게 밀어 펼친다

장도칼 반듯하게
사각의 모양으로
정성을 가득 담아
만두를 빚어본다
쟁반에 소복이 쌓여
냉동고에 잠자네

즐거움 가득 담아
둥글게 펼친 마음
고객님 찾아주면
언제든 살랑살랑
꿈 찾아 떠나가리니
그리운 날 만나요

마음자리

한해의 부산했던 여정
굽이굽이 돌고 돌아서
끝자락을 달리고 바라본다

촘촘하게 그물처럼 짜여진
생각들이 꼬리에 꼬리 물고
마음자리 헤집고 있다

고요하게 잠자던 지난 시절
또렷이 되살아나 아픈 맘
상처에 돌기가 돋는다

빙글빙글 돌아가는 세상사
휩쓸리지 말고 또박또박
정직하게 살아보자

저 들길 지나 찾아오는 세월
나에게 희망과 꿈으로 오면
사랑으로 보듬어 주리

회환과 그리움의 시간
이젠 웃음으로 보답하며
마음자리 곱게 설계하리라

고드름

추위에 서러워서
눈물이 흐른 자리
고드름 주렁주렁
한 뼘씩 자라나서
나무에 몰래 숨어서
둥지 틀고 있었네

근래에 보기 드문
꽃나무 고드름들
서로를 위로하듯
얽히고설키었네
무엇이 두려웠을까
몰래 나눈 사랑아

꽃피고 꽃잎 떨군
그 자리 흔적 찾아
수정의 얼음꽃을
알알이 피었어리
내년 봄 다시 찾으면
여사홍꽃 볼 테지

사랑 둥지

시골의 사랑 둥지
그 속에 삶이 있고
애환이 서려 있는
정다운 보금자리
내 손맛 땀의 결정체
희망으루 번진다

고객님 주문 오면
솟아난 샘물처럼
기쁨은 배가되어
힘듦도 잊게 되네
사는 게 천차만별 속
아름아름 웃음꽃

소박한 삶의 터전
택배는 쌓여가고
삶의 질 향상되어
보람된 하루하루
작은 꿈 이루어가며
하하호호 지낸다

겨울 햇살

노오란 겨울햇살
따뜻이 번져오고
안락한 평화로움
해님은 나의사랑
손끝의 따사로움에
전해지는 온기여

장독도 닦아주고
마당도 비질하고
안팍의 살림살이
윤나게 살아보자
햇살이 떠나기전에
서둘러서 마치자

겨울의 짧은햇살
너무나 소중해서
소소한 하룻길의
자연에 감사한다
건강한 삶 꿈꾸면서
행복하게 살리라

청국장

어머니의 손맛 이어받아
구수한 전통방식 청국장
고집하면서 먹거리 장만

거미줄같은 끈끈이가
콩 띄움에 쭉쭉 줄다리기
심혈을 기울인다

특유의 냄새 줄이면서
구수한 맛을 첨가하여
영양듬뿍 청국장 완성

양념된 배추김치 쫑쫑썰고
두부랑 대파랑 청국장넣고
보글보글 끝판왕이다

찰지고 구수한 청국장으로
식탁에서의 사랑받으며
이 겨울 감기 벗어나리라

동치미

살얼음 둥둥 띄운
동치미 알싸한 맛
고구마 궁합 맞아
제대로 즐겨본다
시원한 국물 한 대접
늘어버린 몸무게

먹는 게 남는 거야
나 홀로 위로하며
뚝방길 걷고 뛰고
자신을 책망하네
땀 흘려 운동 삼매경
미련스런 곰탱이

만남

반민들 화합의 모임
새해를 맞이하여서
한해를 뒤돌아 보고
새해의 희망을 담는다

삼겹살에 소주 한 잔으로
마음을 열어놓고
즐겁게 회포를 풀고
덕담을 주고 받는다

화려한 만남은 아니지만
이웃간의 소통으로
잘 지내는것도
지혜로운 삶 아닐까

아픔도 슬픔도
함께 나누는 공동체
더불어 사는 마을이
자랑스러울 뿐이다

코스모스

작은 꽃 나풀나풀
나비가 나는 듯이
허공을 손짓하는
어여쁜 코스모스
고운 꽃 하늘을 향해
친방지축 뛰노네

한달음 달려와서
꽃 잔치 일원으로
즐기고 느끼면서
하룻길 정다워라
행복은 내 맘속에서
팔랑팔랑 춤추네

갖가지 꽃잎 색깔
볼수록 아름답네
가을을 찬란하게
꽃 수를 펼치었네
가녀린 꽃대 사이로
이루어낸 승리야

석양길 마중 오니
서둘러 내 집으로
마음속 꽃물 가득
물들인 하루였네
꽃향기 가득 담아서
지름길로 달렸네

제4부

세월이 가네

뜨락의 겨울꽃

뜨락의 겨울 선물
살포시 내려앉아
겨울꽃 어여쁘게
피어나 화사하네
햇살에 영롱히 빛나
팔랑 춤을 추누나

자연의 멋진 연출
날마다 다른 모습
입김이 폴폴 나는
뜨락은 선물이야
겨울의 즐거운 낭만
누리면서 산 다네

잔잔한 얼음 가시
상고대 피고 지고
따스한 햇살 내려
눈물이 수룩수룩
이별을 예감했을까
뽀송해진 두 얼굴

동짓날

밤새 내린 눈이 소복소복
하얀 백설기 떡가루처럼
하염없이 쌓인다

동짓날 밤의 길이가
길다고 하지만 나에겐 밤이
짧게만 느껴신다

부지런히 기쁜 맘 가득 안고
절로 향하는 발걸음 둥둥
스님의 설법 기대하면서

삶의 활력소가 넘치는 날
미소 가득 머금게 되고
마음은 살찌우고

하얀 새알 동지팥죽 먹으면서
아름다운 만남 담소로 이어져
지칠 줄을 모른다

한해의 끝자락에 시시
새해의 액 맞이 불공
좋은 일 많이많이 오려마

동화의 나라

발자국 옮길 때면
뽀드득 멜로디가
살아서 움직이니
아이가 되었구나
온 세상 동화의 나라
아름답게 펼쳤네

앞마을 건너 마을
모두가 하얀 세상
흰 눈을 이고 지고
무게에 못 이겨서
또다시 생채기 날까
두려움이 앞서네

잠깐은 설레지만
눈 얼음 사고 나서
후유증 남길세라
염려 속 보낸 하루
주민들 함께 모여서
눈 치우기 대작전

기름 짜는 날

참깨 들깨 섞어 섞어서
볶아 틀에 넣고 고정압축
고소한 합체 기름

방울 방울이 모여서
한병 두병 나란히 줄시어
이쁨을 자랑한다

맛있는 양념의 일원
내 손안에 넘치고
고소한 맛을 내지

주방에서의 기쁨을
맘껏 발휘하면서
주부 놀이 바빠질 거야

기름의 환골탈태로
방글방글 웃음 던지면
모두들 좋아할 거야

114_ 사랑의 힘으로

결혼식

휘영청 보름달은
구름 뒤 숨바꼭질
하룻길 기쁨으로
결혼식 다녀왔네
걸음마 어린아이가
어른 되어 떠났네

행복한 신혼부부
새 가족 보금자리
지금쯤 단꿈 젖어
꿈나라 달리겠지
두 사람 축복 속에서
행복하게 잘 사렴

마음을 다잡고서
튼튼한 가정 꾸려
빛나게 살아가렴
부모님 품을 떠난
두 사람 앞날의 기도
축배잔을 올렸지

동행의 길 송연화

하늘이 맺어준 짝인
그 인연에 꿈들이며
귀한 그대를 알뜰히
진정으로 섬깁니다

내 사랑 인생길 따라
가시밭길 만지라도
외길을 주저하지 않고
직진으로 달렸지요

인생은 두렵지도 않아요
그대랑 손잡고 동행
거침없이 살아왔기에
지금이 마냥 좋답니다

지난 시절 뒤돌아보니
삶의 진한 향기 속에
웃음꽃 잃지 않았으니
이만하면 행복한 삶이죠

이젠 내려놓는 삶의 연습을
조금씩 비워내면서
함께 걷는 동행의 길
새털처럼 가벼워질 테죠

나의 보물

생활의 언어와 이야기들
가슴에 담아두기엔 부족해
세상 밖 구경시켜 준다

보물 27호 책장에 꽂혀
한 칸을 차지한 동행의 길
수북수북 쌓여 반짝 눈뜬다

하나둘 준비를 꼼꼼
훗날의 역사 될 공간을
나의 동반자 구상 중이다

자식 재산 물려주지 않고
살아온 삶의 흔적을
고이고이 물려준단다

엄마의 애환이 담긴 시집 책
자식들이 쓰담쓰담 해줄까
이유 없이 괜스레 눈물이 난다

열정으로 더 많이 사랑하면서
나의 둥지를 탄탄하게 가꾸며
꿈꾸는 행복 바이러스 전한다

송년회

친한 이웃 사촌들과
감사의 자리를 갖고
한해를 뒤 돌아 본다

고마움에 한끼식사 대접
같은 업종에 종사하는
농사꾼들이라서 좋다

더불어 살아가는 사회
따스한 어울림으로
소통하면서 잘 지낸다

마음 헤아리면서 배려하고
존중하고 정 나누다 보면
분명 끈끈한 사랑이 배리라

뜻이 같은 젊은이들
아우르고 챙겨주면서
형 노릇 모나지않게 하리라

섶다리

강물을 이어 돌다리를 놓고
깡충깡충 건너 마실을 가고
이웃 소통의 재발견이다

굽이굽이 빙 둘러 가던 길을
운치 있게 섶다리로 이어져
빠른 지름길이 되었다

유유히 흐르는 강물 위에
나뭇가지 튼튼하게 엮어
그 위 흙 덮어 푹신푹신하다

정감이 흐르는 강나루
다리로 이어진 연결고리
옛 조상님들의 지혜를 본다

빛나는 얼이 서려 있는
숨결의 고장을 둘러보면서
가슴이 먹먹하고 아리다

정선 아리랑

아리랑 아라리요
사연을 엮어 만든
입으로 전해오고
지켜온 역사 소리
한 맺힌 정선 아리랑
구수함에 젖는다

다리 위 한의 소리
아리랑 흘러내려
심금을 울려주니
사연들 애달파라
정선의 엮음아리랑
전해져라 영원히

세계의 문화유산
지정된 아리랑을
지키고 다듬어서
조상 얼 계승하자
내 고향 정선의 자랑
불러본다 아리랑

겨울 장미

끝자락에 핀 장미꽃
뜨락을 붉게 물들이고
벌 나비는 사라져도
홀로 초연히 불태우네

찬 바람에 굴하지 않고
화려한 꽃송이를 피운
남실남실 향기의 장미꽃에
노오란 햇살이 내린다

밤새 하얀 설화가 피어
장미꽃 부끄러움 타듯
다소곳이 머리 숙이고
꽃잎들 햇살에 반짝인다

하얀 설화의 순결함
장미와 순백의 붉은 사랑
화사함이 아롱아롱
아름다움의 극치다

여린 장미꽃 송이송이들
바람이 간지럼 태우면
놀라서 후드득 털어내고
설화는 장미꽃 사랑인거야

설화

흰 눈이 포실포실
순식간 쌓이더니
눈앞의 하얀 세상
설화가 가득가득
겨울은 환상의 설렘
변화무쌍 날씨네

저녁의 하늘 선물
살포시 내려앉은
마른풀 가지마다
하얀 꽃 가득 피어
보는 맘 즐거움 가득
행복해진 이 마음

만지면 눈물방울
손바닥 주르륵
온기는 싫다 싫어
토라진 눈꽃 송이
바람에 끝없이 훨훨
멀리멀리 날아라

세월이 가네

가네 가네 세월이 가네
가네 가네 사랑이 가네
날 두고 세월이 가네
날 두고 사랑이 가네

돌아온다는 기약도 없이
속절없이 가는 세월아
대답 좀 해주고 가려마
그리움이 머물었던 자리

바람만 싸늘하게 부는데
아련하게 멀어져간 사랑아
돌아갈 수 없어 미련만 남아
허공 속으로 사라진 청춘이여

가네 가네 세월이 가네
가네 가네 사랑이 가네

K_Pop AI SUNO

세월이 가네

작사 송연화

producer_영상편집,보기맵
영상제작 AI 시노래 곡작소, 창작영(선문화순)강동화

만두 빚기(2)

손맛을 인정하고
무조건 주문쇄도
좋아라 방방뛰는
내 모습 설레여라
냉동고 바닥 가득히
널어놓은 만두들

겨울의 별미음식
김치송 만두빚기
육수물 김 모락이
한그릇 비웠어라
맛보고 택배 띄워야
일단맘이 편하지

따끈한 만둣국에
졸음이 사르르르
서둘러 작업완결
편한 쉼 얻어본다
사랑은 봇물 터지듯
절찬리에 판매중

원주천 야경

아들 둘 앞뒤에 세우고
도란도란 즐겁게
원주천 둔치를 걷는다

걷는 내내 신이 나서
이야기꽃 풀어내는 작은아들
엄마랑 함께여서 좋은가보다

화려한 조명은 반짝이고
마음과 마음 사이의 거리
간격을 좁혀본다

같이 더불어 살았을 때는
그 귀중함의 존재를
몰랐었다고 고백한다

소중한 나의 분신늘
이젠 어른이 되어서
힘차게 살아가니 고맙다

흰 눈이 내리고

뜨락은 하얀 세상 온 세계 동화 나라
흰설탕 뿌린 듯이 햇살에 반짝반짝
빈집에 흰 눈 내리고 어서 오라 반기네

살짝이 다녀간 눈 볼수록 신기해라
소복이 쌓인 눈밭 발자국 놀이 할까
헤벌쭉 웃음이 폴폴 어린 아이 맘이야

마음도 흰 눈처럼 하얗고 고왔으면
얼마나 좋았을까 때 묻은 속마음도
깨끗이 씻어 주기를 눈바라기 하였지

햇살에 살금살금 사르르 첫눈 녹아
애잔함 가득 고여 또르르 눈물방울
빈 들녘 허기진 마음 가득 채워 주리라

바다

긴 시간 그리워하며
지냈음을 바다는
아는가 보다

피식 웃으면서
하얀 파도를 뿜어내며
격하게 반긴다

비취색의 닮은꼴
온기로 정답게 품어준다
하늘과 바다

수 많은 이야기들
들어주고 위안 주니
가슴은 벅차다

아픈 사연들 쏟아냈으니
이젠 내 자리로 돌아가
폼나게 살리라

서리 애가

뚝방의 산책길엔
서리꽃 가득 피어
생명들 순응하며
파르르 떨고 있네
만지면 바스락 아파
울고 있는 여린 꽃

제 각각 다른 모습
견디며 지켜내는
모두들 생존 법칙
자연을 닮아가는
사람도 마찬가지라
적응하며 사는중

겨울의 찬바람에
모두들 떨고 있지
들녘의 서리 애가
햇살에 방울방울
남몰래 흐르는 눈물
닦아줄 수 있을까

갈대

원주천 둔치에는
갈색의 갈대꽃들
머리가 무거워서
얌전히 고개 숙여
오늘도 정다운 모습
사랑 인사 나누네

한 바퀴 걷기운동
원주천 돌고 돌아
눈으로 보고 즐긴
색다른 고운 모습
시냇물 맑게 흐르니
살아있어 좋구나

둔치 길 운동코스
활기찬 아침 열며
주위가 깨끗해져
기분은 상쾌해라
한 자락 갈대꽃 피어
보는 눈이 즐거워

꽁꽁 겨울

햇 살이 포슬포슬
노랗게 내린 들녘
좋아라 모여드는
참새떼 조잘조잘
맑은 날 하루의 일상
꽁꽁 겨울 보내네

갑자기 내린 폭설
어렵고 힘들지만
모두들 힘을 합쳐
모여든 마을회관
상황을 파악하고서
도움 손길 펼치네

무너진 지붕이랑
연료도 채워주고
한 사람 살리기에
주민들 척척 해결
어울려 사는 맛 최고
이웃사촌 챙기네

매서운 추위

찬바람 스쳐가는
겨울의 초입 길목
꽁꽁 언 잠든 풀잎
바스락 떨고 있네
바람은 쌩쌩쌩 울어
겨울 추위 매섭네

손끝도 얼얼하고
두 볼도 아릿한데
겨울의 매서움에
웅크린 이내 모습
날마다 기다리겠지
따스함의 해님을

낮달은 둥 그러니
외로이 홀로 떠서
파아란 하늘 바다
살피고 지켰는데
해님은 서산으로 슝
걸쳐가고 있구나

뜨락의 꽃

많은 꽃들이 마당 뜨락을
다녀간 뒤 삭막한 공간에
키 작은 금송화 찾아왔다

알록달록 꽃송이들
올망졸망 키재기 하는 듯
향기 피어올라 즐거움 주고

가을은 점점 깊어 가고
저녁해 그림자 길게 늘어져
더 부지런함을 떨게 만든다

쥐꼬리만큼 남은 가을
할 일은 태산 같은데
몸은 뒤로만 따라갈 수 없다

꽃들이 주는 즐거움
뜨락의 평화는 소중하고
소소한 일상도 날개를 접는다

낙엽이 비 되어 내리는 날
훌쩍 가을 여행을 떠나야지
으쌰 으쌰 힘을 내 보자

제5부

하얀 선물

밭 장만

기계음 소리내면서
푹푹 땅을 뒤집어
포실포실한 옥토 땅
만드는 중이다

소똥 거름 냄새나도록
까맣게 뿌려주고
웅웅 울어주는 포크레인
큰 삽으로 뒤집기

먹이를 뿌려주니
지렁이가 꿈틀거리며
좋아라 뒹굴며
기어 나와 인사한다

봄을 기약하면서
큰맘 먹고 투자하고
흐뭇함으로 바라보니
이게 농부의 맘

땅에다 저축했으니
아바도 이자는 딤으로
순풍 순풍 자식 농사 잘 지어
통 크게 돌려 주리라

땅거미 내려앉고

스산한 밤기운에
바람은 스삭스삭
나뭇잎 나뒹구는
황량한 마당 뜨락
땅거미 내려앉아서
밤이 깊어 가누나

고요한 마을자락
컹컹컹 울어대는
앞집의 멍멍이들
목청이 터질듯이
들썩여 집어삼킬 듯
시끌시끌 하여라

하룻길 고단한 몸
따뜻한 침대 누워
쉼 하며 댓글 달고
즐겁고 행복해라
소중한 나만의 공간
마음 부자 되었네

2024년 09월 30일 가을호 (통권 67호 잡지 동대문. 박 0000)

현대시선

2024
67
가을호

권두시 송귀영_영혼과의 대화 외1편
詩 評 김송배 갈등 해법으로서 기원의 시학

이 계절에 초대 시인 뼈돌이 더하기 갑갑이 외9편 최옥순
이 계절에 만난 시인 김인녀 인연의 얼매 외9편
이 계절에 만난 시집 송연화 동행의 길 외9편

창작동네 신작시
김광숙 김연정 김지희 김철현 박서영 박중선 이명순 이현선 임윤주 임선미

창작동네 신작수필
김혜옥 최초로 심은 사과나무 외1편
현대시선 밴드 선정 영상시_2024 5~6월

김광숙 박명숙 윤광식 여계화 정은정 이서영 이현천 오지숙 송연화 주효주

창작동네 AI 시노래 인기차트 12곡 선정
안규철 전해령 지성기 이성규 함인의 함병순 박서영 함소옥 교혜애 김기수 민남숙 손채희
창작다듬소 신작시 김광선 김선순 손옥희 오지숙 이경희 이서영 조은주 주효주 박경민 한희란
책속의 시집 전혜령 장정희 성상길 윤두용 윤석진 이용식 장현수 윤광식 여계화 장원의

2024년 가을호 신인문학상 시 부문_이설 문유선 배명선 / 수필 부문_박준석

비는 내리고

검은 장막이 드리워진 하늘
굵은 빗줄기가 후득 후드득
하염없이 내려 봄인 줄 착각

이 비가 대지를 적시고
마른 내 가슴은 촉촉이 적셔
아리아를 부를 만큼 즐겁다

걷잡을 수 없는 혼탁된 마음자리
이 반가운 비가 약이 되어
뽀드득 소리 나도록 맘 닦아줄까

삶에 지쳐서 무뎌진 감성
동인지 보면서 찾아볼까
살랑살랑 살아날까 몰라

뜨락의 상고대

밤새워 피워올린 상고대
두 눈을 의심한 채 몰입
얼마나 춥고 아팠을까

온 몸에 촘촘하게 박힌 가시
아침의 넝몽한 햇살을 빈아
어쩌면 이리도 곱고 예쁜지

뾰족뾰족 가는 바늘처럼
솟아오른 살가운 모습들
보석처럼 아름답기만 하다

계절마다 풍성함을 담아
많은 걸 보여주는 힐링의 장소
뜨락은 신비로운 마법사다

심장이 요동치는 아침
잠시 후면 이 모습과도 이별
후다닥 사진으로 남겨본다

제비꽃

양지쪽 돌 틈새로 제비꽃
옹알옹알 앙증맞게
겨울 마중 나왔어라

허기진 가을 들녘에
저 홀로늘 꽃을 피워
늦가을 축제 즐기는 듯

흰 서리 내린 땅
작은 꽃잎 팔랑이며
소곤대는 제비꽃 사랑

행여 발에 밟힐세라
조심조심 고운 모습에
마음을 다 뺏겨 버렸네

이제 떠나가야겠지
긴 여운을 아쉬움에 묻고
그리 살포시 떠나갈 테지

온천욕

온몸이 욱신욱신
온천욕 즐겨본다
온천수 반신욕에
찜질방 땀 빼면서
엄마랑 수다 삼매경
즐거워라 두 모녀

기포가 뽀글뽀글
탄산의 온천수는
쉼 없이 쏟아지고
수증기 모락모락
몸 건강 챙기는 하루
좋아져라 관절아

하루 해 짧은 탓에
서둘러 코스 돌며
원탕과 온탕으로
몸 건강 챙겼어라
점심은 미역 옹심이
색다른 맛 즐겼네

생명들

마지막 푸르름을
보여준 마당 뜨락
생기가 넘쳐나서
볼수록 대견하네
생명들 눈비 맞고도
생생하니 좋구니

접시꽃 초롱꽃들
이파리 파릇파릇
걱정만 밀려오네
이 겨울 견뎌 낼까
측은한 눈으로 보니
아려오는 빈 가슴

아서라 고운 생명
흙 속에 뿌리내려
겨울잠 포근하게
꿈꾸며 지내보렴
내년 봄 기약하면서
꿈과 희망 키우자

설원의 뜨락 (2)

빼꼼히 내미는 햇살에
마른나무에 가득 피었던
하얀 꽃송이 사르르

눈 녹듯 한다는 말
새삼 깨닫게 되는 날
눈물방울 주르륵

삶의 여운 길게 허물며
뚜벅뚜벅 다짐의 순간을
옮기며 즐겨본다

그림자 길게 드리운 길
뜨거워져라 외치면서
걷고 또 걷는다

손과 발 혈액순환 잘 되기를
날마다 걷는 이 길의 기쁨을
누리고 싶어라

하얀 선물

가을날 쌀독에 가득 쌓인
식량만큼이나 마당 뜨락에
하얗게 찰진 눈이 소복이 쌓여
그리움을 풀어내고 있다

마당 뜨락에 올올히 가득
풀어놓은 하얀 선물꾸러미들
햇살이 눈부시도록 반짝여
황홀하고 설레게 한다

톡톡 튀는 감정들 끄집어내고
두 사람 강변으로 데이트
참새처럼 조잘대는 나 자신
사는 맛 이런 게 아닐까

늘 함께하는 사랑둥지에서
인내하고 참아내면서
내공을 쌓고 살아가는 법칙
스스로 깨닫고 사랑을 채워간다

첫눈

가을의 향기를
꽁꽁 숨겨버린 새하얀 세상
밤사이 동화의 나라가 되어
마냥 신비스럽다

발밑에서 들려오는 멜로디
뽀드득 감미로움에 아이가 된 듯
천하를 얻은 듯이 기쁨으로
하늘을 향해 뛰어오른다

어지러운 세상
너 탓 내 탓하는 이 씁쓸함
검은 이야기들 순수함으로
깨끗하게 잠재워줄 수 있기를

간절함으로 두 손 모은다
작은 소망무터 꿈까지
하나하나 이루어가기를
그 꿈이 꽃처럼 피어나기를

햇살에 무지개 핀다
반짝이는 눈의 세레나데
갑자기 와준 선물의 기쁨
너와 나 우리들 손잡아보자

김장 마무리

밥상 위 맛깔스런
먹거리 각종 김치
양념에 버물버물
김치통 차곡차곡
냉장고 가득 채워진
배불뚝이 되었네

긴 시간 김치 사업
지인들 주문 오고
택배와 씨름하니
온몸이 욱신욱신
손바닥 물집이 생겨
옹이 생긴 손가락

며칠을 쉬어 볼까
넉넉한 함박웃음
행복한 마음 안에
손발은 고생했지
당당한 나의 손맛에
뿌듯해진 내 마음

억새

은빛 억새 물결이
남실남실 춤을 추며
서로 몸 의지한 채
부대끼며 아우른다

가녀린 머리 곱게 빗어
찰랑찰랑 은빛 정겨움
하얀 갈대꽃의
깊은사랑 익어간다

수많은 날들
스스로 뿌리와 몸집
키워내면서 겨울맞이
갈대의 춤사위가 곱다

이 멋진 계절 초겨울
고운 햇살에 스며늘어
더 없이 반짝이고
하늘하늘 다채롭다

청룡문학상

하루도 빠짐없이
눈도장 댓글 인사
한 우리 가족 되어
동행길 행복했지
순수한 마음 하나로
빛살처럼 피지리

남편의 동행으로
행사장 무사 도착
대표님 편집장님
반가운 시인님들
한해의 활동 대잔치
벅참으로 만났다

큰 상을 받고 나니
무게감 짓 누르고
새료운 숙제 생겨
책임감 느껴지네
작은 힘 한 가족처럼
안주하며 살리라

안개 낀 새벽

한치의 앞도 분간하기 힘든
뿌연 새벽안개가 내려앉아
답답하기 그지없다

총총히 발걸음을 들녘으로
든든했던 한 해의 농사
씌웠던 비닐 제거함이다

먼지가 폴폴 연기처럼 피어
얼굴은 뽀얗게 자연 화장
쉬운 게 하나도 없다

나 홀로 나머지 잔량 척척
휑해진 밭고랑 바라보니
뿌듯해진 맘이다

이젠 땅도 편하게 숨 쉴 터
해충은 겨울에 꼼짝 마라
이로운 유충만 땅속에

일하는 자 그 누가 막으리
작은 꿈과 소망 담아서
내년을 또 기약함이다

장가계 원가계

가는 곳마다 기암절벽으로
병풍처럼 둘러싸인 십리 화랑
저 높은 곳에 엘리베이터로
오르락내리락 멋진 명소 관람

인간의 한계가 어디까지일까
도저히 상상이 어려운 현신
전벽 안으로 오른다니
놀라움에 신기할 뿐이다

수많은 사람들이 줄 서서
오랜 시간 기다려 통과하고
질서 정연하게 구석구석 여행
화려한 웅장함에 놀랍다

저 돌산 정상에 농사를 짓고
버스로 옮겨가며 구경한다
굽이굽이 걷고 또 걷고
하루 이만 보는 기본이다

자연이 빚어놓은 웅장한 예술
뾰족뾰족 돌산을 케이블카로 이동
또 유리 다리는 얼마나 멋진가
내 생에 가장 아름다운 여행

구름바다

칠성산에 오르면서
신비함을 체험했다
발 아래에는 안개 낀 날씨
케이블카로 오르면서
구름 속에 갇혔다

중긴쯤 지니니 반짝이는
햇살이 가득 퍼져서
또 다른 색다름으로
경험하게 된 경이로움
둥둥 떠다니는 마음이다

정상에 도착하니 발아래
내려다 보이는 산들
운무 속에 잠겨서
모두가 구름바다 되어
회색빛이 장관이었다

빙글빙글 유리 잔도길
돌고 돌면서 발바닥

간질간질 두려움의 엄습
손바닥엔 땀이 송글송글
심장이 쿵 내려앉는다

자연이 주는 즐거움들
천혜의 자원들에 깊은 감사
우주를 다 품은 듯한
매력의 중국여행이었다

뱀딸기

늦은 가을에 만난 예쁜 너
동글동글 새빨간 뱀딸기
산새들의 먹이 되어주려나

귀한 열매가 주는 참 사랑
자연 속에서 베풂을 배우고
사랑의 고리 조금은 알겠같나

단단한 연결의 고리들
주거니 받거니 자라서
마지막 한 알까지 사랑이다

자연을 감싸주는 햇살
소중함을 일깨워 주는 사랑
작은 일렁임의 바람은 알까

내일의 꿈과 희망을 담아
새롭게 꿈틀거리는 욕망으로
좋은 곳 터전으로 이어가리

새들의 믹이 배설물 되이
새로운 씨앗으로 태어나리라
옴팡지게 뿌리내리길 믿어본다

좋은 아침

초겨울
담장 너머로 빼꼼
얼굴을 내미는 해님

아침을 깨우며
활짝 웃는 모습에
반가움이 밀려온다

따스한 미소
환한 얼굴에
아침이 마냥 평온하다

이 하루를
온전히 내 것으로
행복 넝쿨을 만들어보자

하늘 끝에
맞닿은 햇살에
수줍은 내 마음 담아보자

중국 여행

여름날 애썼다고
즐거운 해외여행
즐기자 날아보자
중국의 멋진 명소
눈 아래 펼쳐 보이는
뾰족 돌신 멋지네

기분이 상쾌 통쾌
기이한 기암절벽
탄성이 절로 나와
마음은 두리둥실
내 사랑 버팀목 되어
행복하게 즐긴다

횡성의 팀원들과
어울려 나눈 사랑
술 한잔 나눔으로
형제애 살아나고
삶의 길 인생 동반사
함께여서 행복해

연분홍 사랑

하늘가 언저리에
살며시 피어나는
구름꽃 하늘하늘
점점이 어여뻐라
노을길 연분홍 사랑
하늘사랑 내 사랑

펼쳐진 저녁노을
첫사랑 생각나고
떠오른 추억 속에
옛 시절 그리워라
지금은 그 어디에서
내 생각을 하려나

붉은 노을

저녁놀 붉게 타는
하늘가 언저리에
희망 꽃 가득 피어
설레발 반겨주네
어느 임
사랑 품에서
붉은 노을 재울까

하늘 뜻 알 수 없어
사연은 모르지만
오묘한 붉은 노을
설렘과 기쁨이야
하늘의
큰 사랑 품은
하늘길은 비단길

떠나면 그만인걸
저토록 화려하게
비단길 열었을까

가는 맘 오는 맘은
저 하늘
뜻이었을까
축복으로 달리자

제6부

단풍꽃 사랑

대봉감

짙푸른 하늘 아래
나무에 대롱대롱
대봉감 통통하게
살 올라 익어간다
입안의 달달한 그 맛
눈 감아도 못 잊어

사 등분 조각내어
바람에 말려주고
살짝이 건조되면
쫀득한 감말랭이
긴 겨울 간식용으로
이야기꽃 담으리

여름엔 아이스 감
더위를 날려주고
입안에 달짝지근
그 맛을 어이 하리
언 감을 한입 베 물면
시원한 맛 사르르

불타는 단풍

예쁜 단풍 불타는 듯
고와라 숨이 멎을 듯
노랑색 빨강색이 엉켜
저마다 톡톡 불꽃 튀기며
어울려 불타는 구나

멋진 날의 기을이
산천은 붉게 번지고
한가득 펼쳐놓고
뽐내고 자랑하는
불꽃놀이야

꿈꾸는 미지의 세계로
훨훨 날아 가려마
너와 나 손을 잡고
어울려 살아가며
살포시 피어나 보자

단풍꽃 향기 속으로
풍덩풍덩 빠진 날
웃음이 벙글어지도록
아름다운 어느날
가을 맘껏 즐겨보자

찻집에서

국화꽃 향기 그윽한 찻집
들국화 차향에 온몸이
감미로움에 녹아내린다

고즈넉한 들녘 바라보면서
은은하게 올라오는 김
따스한 물 넘김이 평화롭다

여행지 휘돌아 돌면서
예전처럼 시간에 쫓기지 않은
느긋함에 익숙해져 간다

살아가는 동안 변화들
줄줄이 많이 겪겠지만
서툴지 않게 지혜롭게 살리라

가끔은 집을 벗어나
이리 콧바람 쐬면서
자연과 친하게 지내보리라

건강이 허락할 때까지만 농사
달도 보고 별도 보면서
행복 둥지에서 꽃피우리라

나의 사랑아

혹 쳐다보면 빨강 단풍
사랑 꽃 붉게 물이 들어
샤방샤방 멋스럽다

가을 축제에 한발 담그고
파르르 떨려오는 바람결에
외투를 걸치고 나오길 잘했다

이토록 아름다운 가을날
내 사랑이랑 함께여서
든든하고 찰진 나들이다

곧 떠나고 이별할 단풍
괜스레 애잔한 마음에
측은지심으로 안는다

떠날 때 더 화려한 단풍
절세가인 양귀비도
전혀 부럽지가 않을터

바람에 팔랑이는 단풍꽃
머리 위에 툭 떨어지고
어느 결에 나붓이 앉는다

조각공원

돌 모양 각양각색
이름 값 하는구나
볼거리 눈요기로
기이한 조각공원
충주호 앞에다 두고
유람선에 오르네

가을의 끄트머리
가족들 웅성웅성
일 년에 두 번 만나
즐겨본 하루여라
소풍길 즐거운 만남
하하 호호 즐거워

내린천 휴게소

인제의 아름다운
멋스런 휴게소네

다리 위 집을 지은
고도의 높은 건물

오가는 차량의 손님
싱글벙글 진풍경

내리막 오르막은
자동의 연결고리

현대식 시스템에
편리해 좋을씨구

저마다 한 손에 커피
즐거움이 넘친다

그림자

온 밭을 휘젓고 분신처럼
따라다니는 그림자
절뚝절뚝 아픈가보다

밤새 끙끙 앓고 또다시
들깨밭에서 오리처럼
뒤뚱뒤뚱 걷는다

허리와 엉치 통증이 시작
발까지 시큰거리고
아파서 앉을 수가 없다

들깨 섶 아름아름 나르면서
농사 정말 힘들다는걸
새삼 또 느낀다

기름이 나오기까지의 과정
견디기 힘들고 지치고
나이를 먹는 탓일 게다

이리 힘들게 농사지어서
기름 한 병을 참 쉽게도 선물 주니
그냥 웃음이 샌다

단풍꽃

수북이 쌓인 낙엽
단풍길 걸으면서
가을을 즐겨본다
사랑의 하트 선물
장난기 발동하여서
단풍놀이 즐긴다

가을은 도망치듯
재빨리 달아나고
찬바람 불어오니
초겨울 같은 느낌
단풍꽃 바라보면서
더 즐기고 싶어라

거미줄

자연과 함께
더불어 살아가는
존귀한 생명들

가을걷이
끝나가는 들녘에
작은 생명의 기미들

외줄타기의 일인자
둥글게 가로세로
선명하게 줄을 긋고

찐득한 거미줄
촘촘하게 진을 쳐 놓고
먹이를 유혹한다

부지런하면
다 살아남는 법
스스로 깨닳았을까

싸늘해진 날씨
모두들 겨울 채비를
서두르고 있었구나

가을 여행

푸른 물감이 금방이라도
뚝뚝 떨어질 듯이 맑고 빛나는 가을날이다

하늘이 푸르니 쪽박으로 맑은 물
한 번 떠 마시고 싶은 정갈한 마음아

가을은 기다림의 계절이런가
한 다발의 꽃을 줄 사람이 있으면 기쁨이고
한 다발의 꽃을 받을 사람이 있으면
더욱 행복하리라

사랑이 성숙하는 계절에
태양의 정열을 받아
빨갛게 익은 사과들
고추잠자리가 두 팔 벌려
빙빙 돌며 짝을 찾는다

마음결은 바람 따라
둥둥 떠나는 가을이라서
여행길 그리운 날에 가을은 참 좋다

첫서리

새벽녘 내린 하얀 서리
온 들녘을 꽁꽁
옭아매어 오돌돌 떨고
파리한 이파리들
기운을 잃었네

바스락 바스락이
첫서리 한방에
생채기 생기고
망가진 모습에
맘이 아리고 아프다

정성으로 키운 고들빼기
이파리 새까맣게 변해
안타까움 뿐이다
맛있게 김치 담궈
전국으로 택배 보내야 하는데

농사는 참 힘들다
땀 흘려 가꾼 보람도 없이
한 순간에 훅
가버린 농작물들
또다시 내년을 기약하자

낙엽 편지

얼마나 더 애태우며
기다려야 하는 걸까
갈피갈피 끼워서
꽃잎 편지 차곡차곡
층층이 쌓아둔다

바람이 신고 가려나
아니면 구름에 실어보낼까
이런저런 핑계로
숲 가득히 모아둔 편지
애꿎은 눈물비에 젖는다

고운 감성 가득 담아
띄워 보낼 연서
밤새워 써 내려간
사랑 글 또박또박
지면을 가득 채웠지

먼 산에 밀려온 소식
행여 모르면 어쩌지
움직이는 이별은
마냥 가슴 아픈데
마음에 바람이 또 분다

낙엽길

작은 산골길 바람이 분다
낙엽들 웅성웅성 모여서
산 그늘에 몸을 낮춘다

싸늘해진 날씨 탓으로
붉은 꽃잎 피우지 못하고
갈색 멍이 든 채로 숨이든다

여름날 반짝이던 잎새들
젊은 날의 푸르름 살찌우고
눈이 부시도록 싱그러웠지

어찌 잊을 수가 있을까
화려함 뒤에 밀려오는
쓸쓸함의 뒤안길이 서럽다

모든 생명에는 닮은 꼴
만남과 이별이 분명하다
떠나야 할 때 서러워 말자

낙엽길 돌고 돌아서
청옥산으로 행선지 정하고
멋진 가을 풍경을 담는다

단풍산자락

울긋불긋 오색 단풍의 산자락
앞쪽을 봐도 단풍꽃
뒤쪽을 봐도 단풍꽃

아름다운 산자락에
숨어든 단풍잎들
곱게 물이 들어 화려하다

눈길을 어디에 두어도
보이는 모두가 아름다운 풍경
가슴은 소녀처럼 마구 뛴다

가을이 주는 화려한 선물
가슴을 꽉 채워주기에
언제나 넉넉하고 평화롭다

짧은 가을 여행의 산자락
꿈의 이야기가 있고
사연이 있어 참 좋다

화려함의 반짝거림으로
반갑게 맞아주는 산
그 안에 삶의 향기가 있다

나팔꽃

나팔꽃 옹기종기
산골집 둥지 틀고
돌담장 가득가득
꽃피워 줄기 뻗어
갖가지 색채로 만나
한 가족이 되었네

하얀 꽃 빨강 꽃들
해맑게 웃어주니
기분은 살랑이고
보는 맘 즐거워라
펼쳐진 하얀 나팔꽃
귀한 대접 받는다

산속의 작은 마을
스머프 동네일까
사람들 일 중이라
보이지 않는구나
버섯의 그림과 사진
정겹기만 하여라

가을 추수

들녘을 잠재우는
갈 바람 살랑살랑
땅거미 내려앉아
고요를 몰고 오네
산새들 지저귀더니
둥지 찾아 떠났네

탈곡과 가을 추수
저마다 바쁜 일상
얼굴들 볼 수 없고
무소식 안녕이야
정다운 이웃사촌들
기다리며 지낸다

땀 흘려 지은 농사
주머니 두둑할까
벼들은 사라지고
빈 들녘 뿐이로세
가을의 넉넉함으로
아리랑을 부르리

아침의 시작(2)

참나무 사이사이
아침의 해가 쏘옥
비집고 떠오르니
황홀한 노란햇살
눈부신 아침의 시작
즐거움이 넘친다

새벽에 내린이슬
나무들 생명수라
목마름 채워주고
동그란 진주같네
알알이 맺힌 물방울
동글동글 빛나네

하루의 시작으로
할일을 정해놓고
정리와 정돈으로
갈무리 차곡차곡
여름옷 박스에 담아
깔끔하게 마무리

단풍꽃 사랑

밤새 별빛이 숨어 들었을까
바위에 콕콕 스며든
아기단풍들의 발자국

숨바꼭질 하였을까
여기저기 숨어든 향기
노랑 빨강 낙엽들
분주히 날아든다

책갈피에 숨겨 줄까
고운 빛 고스란히 담아서
가을 사랑 전할 수 있게
사랑님께 전해줄까

바위에 살금살금
기어오르는 낙엽
뜨거운 별빛 사랑에
빨갛게 물이 든다

뜨겁게 덜구어진 밤
단풍꽃으로 잠재우고
고운임 찾아가는
가을 향기로 채운다

마음의 창

반갑지 않은 가을비 탓일까
내 마음의 창이 어렴풋하다
때 끼어 맑지 않은 자신을
책망해 보면서 위로를한다

봄날의 향기로운 꽃처럼
여름날의 뜨거운 태양처럼
향기로 빛났으면 좋으련만
뿔난 망아지처럼 뛰는 가슴

선한 마음으로 방긋방긋
즐거운 마음으로 돌고 돌며
마음의 창을 뽀드득뽀드득
윤이 나게 닦아야 하리라

에너지 샘물처럼 솟아
뜨거운 열정과 사랑으로
주어진 하루 선물처럼
행복을 저축하며 살아보자

노을

빛을 뿜어 주는 노을
잠깐이지만 바라보니
황홀하고 멋지다

다채로운 하늘 빛 선물
늘 다른 노습이라서
저녁 시간 기다리며 설렌다

피곤한 하루 일상
노을 보고 힐링하라고
이토록 멋짐을 보여준다

실오라기 같은 희망
손끝으로 김치 담그고
판매하면서 많이 배운다

꾸준히 노력하는 자신
무엇이라도 할 수 있다는 자신감
내일의 풍요를 꿈꾸게 한다

벼 탈곡

논밭에 장비들이 벼 탈곡
웃음소리가 하늘에 둥둥
구름처럼 떠다니고
발걸음은 날개단 듯 가볍다

쉼 없이 쏟아지는 낟알들
트럭 위에 와르르 쏟아내고
방앗간을 날아다니는 트럭
콤바인 벼베기 여념이 없다

노오란 달님 머리에 이고
으스럼 밤까지 이어지는 작업
농부들의 고된 가을걷이
삼박자가 척척 놀랍다

황금 들녘은 눈에서 살금살금
사라져 가고 허허로운 모습
들판을 지키는 허수아비도
우르르 참새떼도 사라지겠지

봄부터 긴 시간 논밭을
오가던 농부들의 발걸음도
겨울엔 고단한 몸 보살피며
풍년가를 불러볼 수 있으리라

MEMO

■ 글벗시선 229 송연화 스물아홉 번째 시집

사랑의 힘으로

인 쇄 일 2025년 7월 21일
발 행 일 2025년 7월 21일
지 은 이 송 연 화
펴 낸 이 한 주 희
편집주간 최 봉 희
펴 낸 곳 도서출판 글벗
출판등록 2007. 10. 29(제406-2007-100호)
주　　소 경기도 연천군 연천읍 현문로 433-27
　　　　　종자와시인박물관 내 도서출판 글벗
글벗카페 https://cafe.daum.net/geulbutsarang
E-mail pajuhumanbook@hanmail.net
전화번호 010-2442-1466
팩　　스 031-957-7319
가　　격 15,000원
I S B N 978-89-6533-303-6 04810